Uno arriba, uno abajo

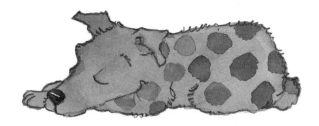

Libros Colibrí

Atheneum Books for Young Readers

Uno arriba,

uno abajo

Carol Snyder ilustrado por **Maxie Chambliss**

traducido por **Alma Flor Ada**

Atheneum Books for Young Readers
Simon & Schuster Children's Publishing Division
1230 Avenue of the Americas
New York, New York 10020

The text of this book is set in 18-point Times Roman.
The illustrations are rendered in watercolor.

Printed in the United States of America
First edition
10 9 8 7 6 5 4 3 2

Library of Congress Catalog Card Number: 94–71331
ISBN 0-689-31994-0

—Llegó la hora —dijo mamá.

Abuelita vino a quedarse conmigo. Mamá y papá salieron de casa apresurados.

Ben

Adam

—¡Sorpresa! —dijo papá una mañana—. Tienes dos hermanitos mellizos.

—Ahora sé por qué mamá estaba tan gorda —dije yo.

—Nos vas a ayudar mucho, Katie —dijo papá—. ¿Estás contenta de ser una hermana mayor? —me preguntó.

Yo me miré al espejo. Estaba del mismo tamaño que de costumbre.

Adam y Ben eran muy chiquitos al principio. Y aunque eran mellizos no se parecían en nada. Pelo crespo y pelo lacio. Pelo oscuro y pelo claro. Si Adam se despertaba por la noche, Ben dormía. Luego, tan pronto como Adam se calmaba, Ben gritaba.

Ben

Adam

—Uno arriba. Uno abajo. Uno mojado. Uno seco—. Yo bostezaba
y le pasaba un pañal a papá. Todos estábamos siempre soñolientos.

Cada semana Adam y Ben crecían un poquito. Cada semana mamá y papá decían: —Katie, ¡qué buena hermana mayor eres!

Cada semana me miraba al espejo. Del mismo tamaño que de costumbre.

A la hora de comer si Ben estaba derecho, Adam se deslizaba y
yo lo acomodaba.

Pero cuando Adam ya estaba bien acomodado, Ben se había deslizado y lloraba.

—Uno arriba. Uno abajo —decía yo y le pasaba a mamá un biberón.

Muy pronto los dos bebés se sabían sentar. Y yo les daba a cada uno un sonajero. Si Ben sostenía su sonajero, Adam dejaba caer el suyo al piso.

Si el sonajero de Adam estaba arriba, el de Ben estaba abajo.
—Uno arriba. Uno abajo —decía yo.
Todos hicimos mucho ejercicio.

Entonces les salió el primer diente. A Adam le salió arriba. A Ben le salió abajo. Cuando yo le daba puré de plátano a Adam y le decía: "Trágalo", Ben escupía el suyo. Todos estábamos decorados con cereal y fruta.

Muy pronto los dos bebés dormían toda la noche. Se sentaban derechos y sostenían sus sonajeros.

Y pronto los dos mellizos podían pararse y caminar por la casa. Yo los llevaba de la mano. Pero cuando Adam caminaba derecho, Ben ¡cataplún! se sentaba. Y tan pronto como yo levantaba a Ben . . .

—Uno arriba. Uno abajo.

—Eres una hermana mayor muy cansada, ¿verdad? —decía papá.

Yo me miraba al espejo. Cansada y del mismo tamaño que de costumbre.

Cuando Adam y Ben descubrieron las escaleras, a Adam le encantaba treparlas. A Ben le encantaba deslizarse hacia abajo. Todos teníamos dolor de espalda de tanto doblarnos.

Cuando los llevábamos al parque de juegos, Adam trataba de gatear hacia arriba por la resbaladera, justo cuando Ben se deslizaba hacia abajo. Todos teníamos dolor de cabeza de tanto llanto.

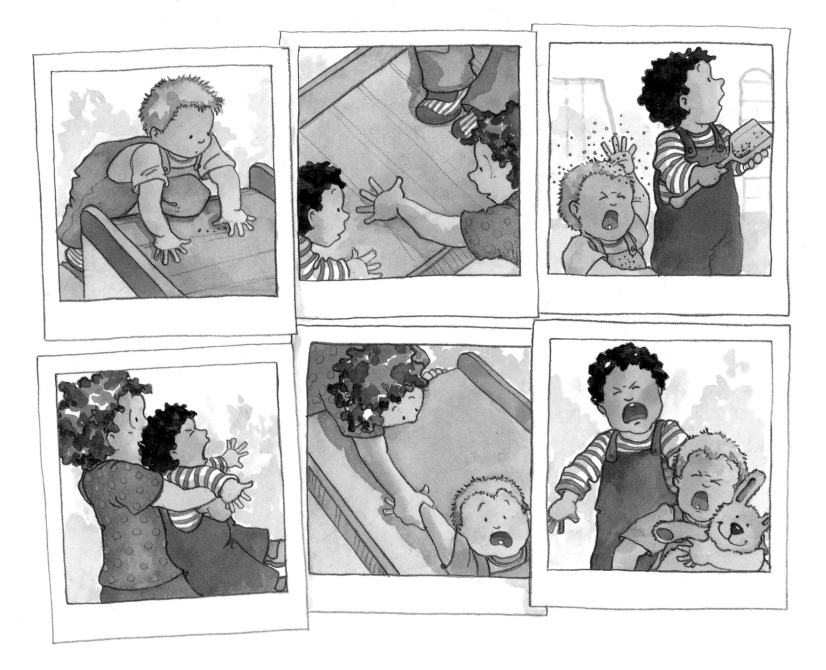

Adam dijo sus primeras palabras: —Uno arriba.

—Uno abajo —dijo Ben.

—Así es —dije yo.

Un día los llevamos a la zapatería para que se probaran su primer par de zapatos.

—Mídale el pie a Katie también —dijo papá. Y la señora de la zapatería me midió el pie.

Los zapatos de Ben y de Adam tenían cordones, pero a mí me compraron zapatos nuevos con hebillas. Me miré en el espejo.

Mis pies eran más grandes que de costumbre. Yo estaba más alta que de costumbre, aunque también estaba más cansada que de costumbre.

—Ahora me siento como una hermana mayor —dije.

—Como una hermana mayor muy útil —dijo mamá.

—Uno arriba —dijo Adam y levantó un pie al aire.

—Uno abajo —dije yo mientras Ben se sentaba y se ponía un pie en la boca.

GRACIAS A AMY SNYDER, ED. M., POR SU CONSEJO EXPERTO
—C. S.